AF320934

TRAGEDIE
DE LA DIVINE ET
HEVREVSE VICTOIRE
des Macabees, fur le Roy
Anthiocus.

Auecques la Repurgation du Temple
de Hierufalem.

A ROVEN,
DE L'IMPRIMERIE
De Raphael du Petit Val, Libraire & Imprimeur du Roy, deuant la grand
porte du Palais.

1611.

en Dieu Monſ eur l'Eueſque de Conſtan-
ces conſeiller du Roy.

MONSIEVR.
Auſſi toſt que le peuple de
Dieu ſe retire de l'obſeruan-
ce de ſes Commandemens il ſe peut aſ-
ſeurer de ne tarder pas long temps ſans
éprouuer ſa main iuſtement vengereſſe:
mais pour monſtrer que ce chaſtiment
ne procede que de ſa paternelle viſita-
tion tout incontinent qu'il vient à reſi-
piſcence, il eſt viſité de la douceur de
ſa miſericorde, & voit reluire ſur luy
vn beau & lumineux rayó de ſa faueur.

Ce bon Dieu & Pere Tout - puiſſant pour l'execution de tels Commandemens s'eſt le plus ſouuent ſerui des
tyrans mais auſſi a-il touſiours fait pa-
roiſtre que leurs illicites entrepriſe
ont pris fin auſſi toſt que les pauure
pecheurs Catholiques s'eſtoyent con

uertis à luy. Or entre les plus grandes
cruautez qui se soyent iamais exercees,
comme il a esté remarqué au vieil &
nouueau Testament, veritablement la
cruauté d'Anthiocus Epiphane enuers
le peuple d'Israel peut estre mis au premier rang. Il y a trois ans que sous la faueur de tref-illustre Dame Madame la
Mareschale de Matignon, i'en fis voir
vn échantillon en la Machabee Trage-
die, extraite d'vn mien plus grand labeur que i'auois basti, lors que le repos
de la Paix me le permettoit, lequel peut
estre ie feray voir quelque iour, si
ie trouue par le conseil de mes amis
qu'il en soit digne. Cependant afin que
chacun sçache que les cruautez de ce
tyran ne peurent continuer plus outre
que le temps que Dieu auoit ordonné
pour le chastiment de son peuple peni-
tent. Et pour faire cognoistre que toute
la force des plus grands Roys & Mo-
narques deuient à rien en vn clin d'œil,
& qu'elle peut estre rompue par vne
poignee de gens de guerre quand il luy
plaist, les victoires procedantes de luy
& non des hommes : i'ay pensé que ie
ne ferois point mal d'extraire encor

dudit mien labeur la diuine & heureu-
se victoire des Machabees sur ledit Anthiocus, & repurgation qui se fist du
Temple de Hierusalem: Me persuadant
que tout ainsi que ledit Liure du martyre des autres premiers Machabees a
esté bien receu sous la faueur de madite
Dame, & d'elle aussi (comme il vous
pleust me le témoigner) plus peut estre
en consideration de l'honneur que i'ay
eu par l'espace de xxx. ans d'auoir fait
bon & fidelle seruice à feu Monseigneur
le Mareschal, que pour le peu de meri-
te dudit œuure. Ce reste sous vostre
protection, comme i'espere, trouuerra
mesme accueil du public : Mais à qui est
il plus raisonnable que ie le dedie, attendu qu'il est question de repurgation
& visitation de Temple, qu'à vous qui
rapportez vne extréme & pieuse dili-
gence de mettre ordre aux affaires &
necessitez de vostre Euesché. Ie ne par-
le point des obligatiõs que i'ay de vous
seruir pour les faueurs que i'ay receuës
toute ma vie de vous, le bon vouloir
que vous m'auez tousiours monstré &
aux miens aussi, & sur tout le zele que
vous auez à la Religion Catholique.

A iii

Doneques appuyé là deſſus & me confiant en voſtre ſinguliere vertu, i'ay pris la hardieſſe de vous preſenter ce mien petit labeur pour arres de ma bône volonté, laquelle ie vous ay dediee pour le reſte de ma vie : auecques eſpoir que vous le receuerez d'auſſi bon cœur côme ie vous le preſente. En cet endroit ie prieray le createur (Monſieur) vous donner en ſanté bonne, longue & heureuſe vie. De Vallorgnes, ce mil ſix cens.

Voſtre treſ-humble & affeƈtionné ſeruiteur Iean de Virey ſieur du Grauier.

― ― ― ―

Les Entre-parleurs.

Mathatias ou Mathias,
Iean ſurnommé Gad is.
Simon ſurnommé Mathee.
Iudas ſurnommé Machabee.
Eleazar ſurnommé Auran.
Ionathas ſurnommé Alphus.
Le 1. Gendarme le .. le 3. 4.
Le 1, Iuif, le 2, le 3. le 4.
Le Capitaine. Le Meſſager.

Le Roy Anthiocus:
Appelle.
Furie. Lyſias.
Ptolomee.
Gorgias.
Nicanor.
Appolonius.
Machabee.

TRAGEDIE DE
LA DIVINE ET HEVREVSE
victoire des Machabees, sur le
Roy Anthiocus:

*Auecques la Repurgation du Temple
de Hierusalem.*

Mathatias ou Mathias.

*Epvis qꝉe l'Eternel remiſt
l'Agriculture
Et les champs en leur forme &
premiere nature,
Que le reſtaurateur du mõde vni-
uerſel*
Occupa Sanaar par le diuin conſeil:
Iamais, iamais pour vray la terre nourriciere
N'auoit produit au mõde vne main tant meurtriere
Des peuples plus brutaux & barbares citez:
Iamais ne fut commis plus grandes cruautez.
Iamais l'Hyrcanien & terroir Sarmatique
Ne conçeut en ſes flancs acte ſi tyrannique.
O nation timide! ô peuple d'Iſraël!

A iiij

Souffrirez-vous touſiours vn Prince tant cruel?
Verrons-nous ſi long temps le Payen idolatre
Acharné ſur nos corps reſter opiniaſtre?
Permettrons nous ainſi deuant nos triſtes yeux
Meurtrir de tous coſtez la race des Hebrieux?
Seront touſiours les champs & terroir de Iudee
Taints du ſang innocent, par le fer du Caldee?
Pluſtoſt, pluſtoſt (ô terre!) ouure toy maintenant
Et m'engloutis tout vif en ton centre beant.
Pluſtoſt ô feu du Ciel bruſle-moy des cett' heure
Que coüard caſanier plus long temps ie demeure:
Et vous autres auſſi mes bien-aimez enfans
Qui eſtes a preſent à la fleur de vos ans,
Voulez-vous pas tous cinq pour vne telle affaire
Seconder hardiment voſtre genereux pere?
Puiſque vous eſtes tous hardis puiſſans & fors,
Voulez-vous auec moy ſacrifier vos corps
Au ſeruice de Dieu? Si i'ay la barbe griſe
Vous aſſeurez vous moins de ma ſainte entrepriſe?
Il n'y a cil de vous que ie n'aye nourri,   (ri:
Qu'il montre donc qu'il n'eſt extrait d'vn ſang pour-
Par le Dieu tout-puiſſant, pourueu qu'on me ſeconde
Iamais plus bel exploit ne fut veu par le monde.

Iean ſurnommé Gadis.

O zelé pere en Dieu! il n'y a cil de nous
Qui ne boüille en ſon cœur d'vn depité couroux,
De voir vn eſtranger dedans la Paleſtine
Par telle impieté mettre tout en ruine,
S'attaquer ſans reſpect au Seigneur immortel
En prophanant ſon temple & venerable autel:
De voir vn ſacrilege ✠ Payen aduerſaire,
Apres s'eſtre moqué du ſacré-ſaint miſtere,

Mettre la vraye Hoſtie & pure oblation
Sous le pied par mépris & par deriſion,
Qu'vne ſi ſainte guerre (ô pere !) nous conuie
A vouloir tous enſemble y hazarder la vie.

Simon ſurnommé Mathee.

Le peuple circoncis n'a point faute de cœur
Mais pluſtoſt d'vn bon chef, & d'vn bon conducteur,
(Mon pere) tel que vous qui ſes trauaux allege.
Comme on voit vne boule ou pelote de neige
Se groſſir peu à peu touſiours en la roulant,
Et la former en fin en vn monceau ſi grand
Qu'on la deſire faire en laiſſant l'herbe verte
Qui en ſeroit touchee vniment découuerte :
Ainſi aduiendra-il ſi les armes en main
Vous voulez hardiment ſuyure voſtre deſſein,
Et de bien peu de gens ſe fera vne armee
Qui dans huit iours ſera cent fois multipliee :
Nous pourrons peu à peu regaigner brauement
Ce que noſtre ennemy detient iniuſtement.

Iudas ſurnommé Machabee.

Si la poule clouquante oze deſſous ſon aile
Preſeruer les poulets qui ſont en ſa tutelle,
Nonobſtant les effors du Milan rauiſſant.
Si d'vn cœur genereux le Lyon rugiſſant
Au perilleux dangers touſiours ſe precipite,
Ne recule iamais quand il voit la pourſuite
Qu'on fait deſſus ſes faons , & ne craint les hazars
D'vn million de traits, d'vn milion de dards.
Si l'oiſeau plus priué , ſi la beſte plus douce
Quand on luy vient rauir ſes petits ſe courouce.

A v

Las que deuons-nous faire estant persecutez
Du tyran execrable ainsi de tous costez?
Regardons, regardons, si nous prenons les armes
Contre ces inhumains & superbes gendarmes,
Ce n'est pas seulement pour conseruer nos biens,
Nos femmes, nos enfans & nos autres moyens,
Pour sauuer nos voisins, pour sauuer nostre vie,
Et remettre en honneur toute nostre patrie.
O freres bien aimez! Mais il est question
Du seruice de Dieu, de la Religion,
Du temple, de la Foy & des Ceremonies,
Qui par nos ennemis nous ont esté rauies.
Et pour vn tel combat les hommes genereux
De mourir mille fois se tiennent bien-heureux.

Elezar surnommé Auran.

C'est le vray naturel d'vn pere debonnaire
Quand il a chastié ses enfans par colere,
De leur salut apres estre plus curieux,
Les traiter doucement & les aimer bien mieux.
Ainsi Dieu qui nous est vray pere de famille
Honore ses enfans d'vne vie tranquille:
Il visite les siens de son œil de bonté
Quand il les a punis pour leur iniquité:
Nos enormes pechez, nostre coupable offence
Meritoyent chastiment & dure penitence.
Mais aussi ie sçay bien que iamais Israel
N'éprouua de tyran ny de ioug si cruel.

Ionathas surnommé Alphus.

(celeste
Tousiours deuant nos yeux l'arc du Ciel, l'arc
S'est monstré clairement signe tres-manifeste,

Que le bon Dieu n'eſt point tellemẽt en courroux,
Que par grace ne vueille auoir pitié de nous.
Pere puis qu'il vous plaiſt hardiment qu'on ſe ruë
Deſſus les ennemis pourueu qu'on s'euertuë,
Dieu nous redoublera la force tellement
Qu'vn en pourra combattre vn cent bien aiſement,
C'eſt luy qui eſt ſeigneur des batailles plus fortes
Qui rompt & qui deffait les plus grandes cohortes,
Et principalement quand il eſt queſtion
De maintenir le droit de la Religion.
Le grand nombre de gens ne fait pas la Victoire,
Mais Dieu pluſtoſt auquel en appartient la gloire.

Mathatias.

Touſiours quand l'Eternel a voulu ſoulager
Son peuple, & le tirer d'vn perilleux danger.
Quand il luy veut monſtrer pour le remettre en grace
Sa bonté, ſon amour & ſa benigne face,
Et que la liberté veut remettre en ſes mains,
Il s'aide des moyens qui ſemblent aux humains
Impoſſibles du tout. Par telle deliurance
Il oblige les ſiens a plus d'obeiſſance.
Cenez iuge choiſi ſans peril ou hazart
Tua la guarniſon du tyran Roy Chuſart.
Pourſuyuant ſon armee, il la chaſſe & ruine,
Et puis la liberté remiſt en Paleſtine:
Ahud fils de Gera touſiours victorieux
Qui par quatre vingt ans gouuerna les Hebrieux,
Occiſt Eglon, & puis chaſſa les Moabites
Eſtant accompagné de peu d'Iſraelites.
Les Hebrieux retombez par leurs iniquitez
Sous le ioug de Iabin furent perſecutez
L'eſpace de vingt ans, apres Dieu leur accorde

Penitens qu'ils eſtoyent grace & miſericorde,
Et toſt apres Barach poußé par d'Elbora
Oſa pres de Tabor combatre Syſara.
Ce Barach n'eſtoit point plus puißãt que nous ſommes
Toutesfois il defiſt plus de trois cens mil' hommes.
Mais c'eſt le naturel du peuple peu à peu
Oublier en repos les bien-faits de ſon Dieu,
Laiſſer regner peché, laiſſer couler le vice,
Et n'auoir plus de ſoin de loy ny ſacrifice.
Iſrael ſe voyant route choſe à deſir,
Contre l'honneur de Dieu viuoit à ſon plaiſir.
Außi bien toſt apres le camp Amalechite
Ioint auecques l'Arabe & fier Madianite.
Vainquirent les Hebrieux, & iuſqu'aux plus petits
L'eſpace de ſept ans furent tous fugitifs.
Mais Dieu pere & Seigneur qui iamais ne ſe laſſe
De pardonner ſi toſt qu'on implore ſa grace,
De rechef les viſite & appelle außi toſt
Gedeon pour combatre ✠ ſes Roys & leur oſt,
Auec trois cens ſoldats qu'il choiſit à l'épreuue,
Il charge l'ennemy außi toſt qui le treuue
Il defiſt enuiron deux cens mille à trois fois.
Et entre les captifs furent trouuez deux Rois.
Dieu demeure touſiours en vne meſme eſſence,
Exerçant deſſus nous ſa diuine clemence,
Touſiours aux penitens il ſe monſtre außi bon
Comme il eſtoit du temps d'Ahud & Gedeon.

Iean.

Si Dieu cõbat pour nous, nous gaignerõs ſãs doute
La victoire & mettrons l'armee à vau-leroute.
S'il veut à nos deſſeins de ſa grace aßiſter.
L'ennemy ne pourra deuant nous reſiſter.

Au hazart de nos corps ayons l'experience,
S'il ne luy plaist encor pardonner nostre offence.

Simon.

Declarons le secret aux hommes plus hardis,
Pourueu qu'ils ne soyent point douteux ny refroidis
En la Religion gardons-nous des pratiques
Des traistres libertins & flateurs politiques:
Sur tout, sur tout aussi ne nous decellons pas
Aux Iuifs paganisez & meurtriers appostas,
Prenons des gens de bien pour faire l'entreprise,
Et ne nous seruons point des banis de l'Eglise.

Iudas.

Que Modin ait l'honneur par un courage tel,
De chasser l'ennemy du pays d'Israël.
Vne si sainte guerre est à Dieu agreable,
Et n'en peut arriuer qu'vn esploit honorable:
Ie me sens tant ardant, ie me sens tant émeu
Puisque c'est pour la foy & seruice de Dieu
Qu'vne heure m'est vn iour & vn iour vne annee.
Attendant le progrez de si sainte menee,
Mon pere commençons auiourd'huy s'il vous plaist,
Car le retardement grandement me déplaist.

Eleazar.

Ie sçay vn bon moyen: car il estoit nouuelle
Ce iourd'huy que leur chef & gouuerneur Appelle
Deuoit venir icy forcer grands & petits.
D'offrir en sacrifice ainsi que les Gentils.
Si pour idolatrer le tyran nous demande,
Iettons-nous promptement sur luy & sur sa bande,

Matathias.

C'eſt tresbien aduiſé. Or allez donc mes fils
Parler ſecrettement à vos plus chers amis.

Ionathas.

L'Eternel ſoit loué d'vn ſi braue courage,
Que nous puiſſions tirer les Hebrieu. d'vn ſeruage
Si-vil & miſerable , & remettre en honneur
Le ſaint Temple, l'Autel, & la Loy du Seigneur.

Appelle.

Puiſſant comme ie ſuis ma miſerable vie
Reſſemble proprement à la peine infinie
Du ruzé fils d'Eole. Ou par punition
A celle du pariure & paillard Ixion,
Qui voit mes actions & mes œuures cruelles,
Il peut iuger mes maux & mes peines mortelles:
Ie vois, ie viens, ie cours, ie n'ay point de repos,
Il faut touſiours auoir les armes ſur le dos,
Et de iour & de nuict au front de noſtre armee,
Tantoſt en Hierico , tantoſt en Idumee,
Tantoſt en Galilee, & autres lieux qui ſont
De mon gouuernement, pour les troubles que font
Les Iuifs de tous coſtez , quoy que i'en face pendre
Grand nõbre tous les iours, ils ne veulẽt point rendre
Sacrifice à nos Dieux, & crain bien que le Roy
Cruel comment il eſt ne ſe courrou e à moy.
O combien la fortune eſt beaucoup plus certaine
Trauerſant le deſtroit de ceſte vie humaine,
A celuy qui ſe tient paiſible en ſa maiſon,
Sans charges ny eſtats guidé par la raiſon.
Or ſus preſentement ſoldats ie delibere

D'aller iusqu'à Modin afin de satisfaire,
Faisant ma cheuauchee au serment que i'ay fait.

Le premier Gendarme.

(fait,
Nous vous aimons Seigneur d'vn amour treſpar-
Quand il faudroit paſſer & l'onde Caſpienne,
Gange, le Tanais & la mer Indienne,
Pluſtoſt mourrions cent fois que vous abandonner.

Le second Gendarme.
Si toſt qu'il vous plaira vous y acheminer,
Les ſoldats ſont tous preſts de partir dés cette heure.

Le troiſiéme Gendarme
Vous eſtes fort aimé de tous, c'eſt choſe ſeure
Autant que l'on ſçauroit bien aimer Gouuerneur
Ordonnez ſeulement.

Le quatriéme Gendarme.
C'eſt à vous, Monſeigneur,
A commander d'autant qu'en auez la puiſſance,
Et nous à vous porter toute l'obeiſſance.

Appelle.
Allons donc à Modin car c'eſt là où ie veux,
Faire ſacrifier auiourd'huy les Hébrieux.

Mathatias.

Or ſus, ſus mes enfans qu'on prenne bõ courage,
Voici le Gouuerneur qui arriue au vilage,
Et a ià commandé que ſur l'autel nouueau,
Chacun y vienne offrir de la chair de pourceau,

S'il plaiſt à l'Eternel accepter mon ſeruice,
Ie donneray bien ordre à vn tel ſacrifice.
Que vous & vos amis mettent leurs couſtelas,
De leurs robes couuers finement ſous le bras:
Ayez tous l'œil ſur moy, & puis me laiſſez faire.

Appelle.

Auez-vous fait ſçauoir à tout le populaire,
Qu'il vienne pour offrir ſacrifice à nos dieux?

Le premier.

Voicy de toutes parts arriuer les Hebrieux,
Ils craignent à bon droit la rigueur de la peine.

Appelle.

Or çà vous ſçauez bien que tout ce qui m'ameine
En ce bourgade icy, eſt pour faire obſeruer
L'ordonnance du Roy, qui vous veut conſeruer,
Par vn repos paiſible en ſon obeiſſance.
Bon pere Mathias, il faut que ie commence
Premierement à vous, ie viens d'apprendre auſſi
Qu'eſtes le plus fameux de ces quartiers ici
Outre les gens d'honneur la raiſon nous conuie
De mettre au premier rarg la vieilleſſe fleurie:
Vous n'eſtes ignorant des memorables dons,
Des faueurs, des honneurs & des amples guerdons
Que le Roy fait à ceux qui d'vne ame parfaite
Offrent aux Dieux du Ciel maint ſacrifice honneſte:
Vous ſçauez bien auſſi que tous les obſtinez,
Par ſes Edits à mort ſont deſia condamnez.
Or donques Mathias ne ſoyez point rebelle,
Euitez le danger d'vne peine cruelle.

Mathatias.

O tyran! ie ne veux au declin de mes ans
Estre traistre au Seigneur, ny moy ny mes enfans,
Pour tourment ou pour mal que tu nous puisse faire
Nous ne perdrons la foy d'Abraham nostre pere.

Appelle.

Vous en estes donc là miserable grison,
Vrayment i'auray de vous promptement la raison.

Le Iuif idolatre.

Ce n'est pas moy, Seigneur, qui suis opiniastre,
Quoy qu'en vueille penser que ie sois idolatre
De vouloir mettre tout au hazard, i'ayme mieux
En preseruant mon corps sacrifier aux Dieux.

Il se met a sacrifier sur l'Autel, selon l'Edit du Roy.

Mathatias.

Puis que vous estes traistre à la loy Iudaique,
Vous serez le premier puni comme heretique.

Il le tue.

Or sus, sus mes enfans parens & alliez,
Que ses autres Payens soyent aussi chastiez,
Comme ils ont merité.

Ils tuent Capitaine & soldats.

Iudas.

Voila le Capitaine,
Ses gardes & soldats gisans morts sur la plaine.

Mathatias.

Qu'on renuerse aussi-tost cet idolatre autel
Car il deplaisoit trop au Seigneur immortel.
Tous fidelles qui sont les Enfans de l'Eglise
Et qui approuueront nostre sainte entreprise,
Qu'ils me suyuent tous droit au desert caueineux,
Où nous attendrons là dans les forts épineux,
Pour refuge certain les bannis de Iudee
Afin d'aller apres au deuant du Caldee:

Le premier Iuif

Seigneur Mathatias pour vray nous voicy tous
Deliberez de viure & mourir auec vous.

Le deuxiéme Iuif.

(*maistre,*
Nous vous recognoissons pour Gouuerneur &
Seigneur Mathatias, puis qu'il vous plaist remettre
Par la grace de Dieu en pleine liberté
Le peuple d'Israel.

Le troisiéme Iuif.

Sous vostre authorité,
Nous voulons hazarder nos biens & nostre vie
Pour recouurir la Loy que lon nous a rauie.

Mathathias.

Entrons dans le desert pour fuir au danger
Et prenons cent à cent vn creux pour nous loger.

Le Capitaine de la Garnison
de Hierusalem.

Capitaines, soldats & belliqueux gendarmes,

Prōptement qu'vn chacun de vous prenne les armes
Pour me suyure au desert, afin que ces mutins
Auant qu'ils soyent plus forts au dépourueu soyent
Ie suis fort & estonné comme ils ont eu courage (pris.
De commettre vn tel meurtre & faire vn tel carnage
Quoy qu'ils vueillent fuir ie les pense arrester
Auiourd'huy de bien court, & leur faire porter
Par mon glaiue vengeur mortelle penitence.
Or sus donc compagnons, ie vous pry' qu'on s'auance.
Vne charge à propos met la victoire en main
De celuy qui la fait.

Le premier soldat.

Le cas est fort soudain,
Iamais de nostre temps n'en fut veu de semblable.

Le second soldat.

Par le Dieu Phidien le peuple est miserable
Sur le poinct qu'il estoit de tomber en repos.
De s'estre sans raison perdu mal à propos.

Furie.

Si i'en ay perdu neuf, pour le moins ie me vante
D'en auoir recouuert ennuit plus de cinquante,
Que i'ay tous ennoyez aux enfers tenebreux.
La guerre des Payens auecques les Hebrieux
Comblera d'esprits noirs nos lieux Acheroniques.
Les Payens vont donner aux bannis Mosaiques
Par vn desir vengeur & courage animé,
Dedans leurs creux rochers vn assaut enfumé.
Les guerres, les combats, le meurtre & le carnage
Par le monde se font à mon grand auantage.

Le Capitaine.

Assaillons les mutins de ce costé icy,
Soldats, qu'homme ne femme on ne prenne à mercy,
Et bien seditieux, vous voulez-vous pas rendre?

Ils assaillent vne troupe de Iuifs en
leur cauerne.

Le premier Iuif.

Freres, que dites vous nous deuons nous deffendre?

Le second.

Plustost plustost mourir. Car le iour du Sabat
Pour peril ou danger Israel ne combat.

Le troisiéme.

Permettrons-nous ainsi que sur nous on se rue,
Et que sans nous deffendre il faille qu'on nous tue?

Le quatriéme.

Quand il seroit besoin de mourir mille fois,
Ie ne voudrois pourtant pecher contre les loix.

Le Capitaine.

Or sus, mettez le feu dedans la grotte creuse,
Pour brusler tout d'vn coup ceste gét malheureuse.

Ils mettent le feu dedans, & s'en sauuent bien
peu, qui se retirent vers Mathias.

Le premier Gendarme.

Les voila bien chauffez.

Le Capitaine.

Ie veux qu'ils soyent roſtis
Treſtous ſans épargner femmes, grands ny petis.

Le premier 'uif s'eſtant ſauué.

Il nous eſt arriué, Gouuerneur honorable,
Vn deſaſtre ſubit & malheur miſerable:
Car nos gens ont eſté bruſlez des ennemis
Dans leur antre rocheux, ſans qu'il nous fut permis
Pour le iour du repos de nous pouuoir deffendre.

Mathatias.

Mes amis, ie vous veux vne autre regle apprēdre
Si voſtre opinion & raiſon auoit lieu,
Ce ſeroit le moyen de perdre peu à peu,
Ce qui nous peut reſter, & iamais l'aduerſaire
Qui ſans rien hazarder deſire nous deffaire,
Ne ſe preſenteroit deuant nous au combat,
Que ce ne fuſt le iour du reueré Sabat.
Comme prendroit plaiſir l'Eternel pacifique
De voir un tel ſcrupule offenſif & tragique?
Quelque iour que ce ſoit ſi lon eſt aſſailli,
N'ayez iamais le cœur ſi coüard ny failli.
Puis que de tous coſtez noſtre force eſt venuë,
Sortons hors du deſert mes amis & qu'on ruë
Par terre les nouueaux & ſcandaleux autels:
Sur-tout qu'on ne pardōne aux Hebrieux reuoltez
Et ſi noſtre ennemi entreprend nous combatre,
Prions Dieu qu'en puiſſions ſon fier orgueil rabatre.

Ils mettent par terre idoles & autels.

Iean

Ô pere ! qui donnez à la poſterité

Suiet de vous loüer à perpetuité,
Qui grauez vostre mon, vostre honneur, vostre gloire
Dans cuyure estincelant au Temple de memoire.
Allons où vous voudrez, il n'y a cil de nous
Qui ne sois tresioyeux de mourir auec vous.

Simon.

Quand vn homme de bien est éleu Capitaine,
La victoire & conduite en est bien plus certaine.
Le peuple circoncis a receu grand honneur
En ce temps nebuleux que soyez Gouuerneur.

Iudas.

Mon pere contemplant vostre pale visage,
(Pardonnez-moy aussi si ie tiens ce langage)
Vous voyant à tout heure alteré grandement,
Ie croy que vous soyez malade extremement,
Permettez que vos gens en cette belle plaine
Se puissent rafreschir ce reste de sepmaine.
Couchez-vous dans vn lit le demeurant du iour,
Pour le seur vous auez grand besoin de seiour.

Mathatias.

En verité mon fils, il faut que ie confesse
Que ie me trouue mal, c'est ma courbe vieillesse
Qui n'a peu suporter le trauail si long temps.

Eleazar.

Durant vostre repos grand nombre de nos gens
Se ioindront auec nous, l'ennemy se retire
Coup sur coup par trois fois on vous l'est venu dire,

Ionathas.

Couchez-vous s'il vous plaist, car vous n'en pou-
uez plus,
Ostez ce iauelot, ce glaiue. Et du surplus
Quand l'ennemy viendroit, ô venerable pere!
Nous vous supplions tous de nous en laisser faire.

Mathatias.

Faites-moy donc dresser mon petit lit de camp.
Ie pensois m'auancer deuers Hierusalem,
D'autant que les Payens y ont fait leur retraite.
Helas! la volonté du Seigneur Dieu soit faite.

Le Capitaine.

Soldats retirons-nous au pas vers la Cité.
L'ennemy circoncis est beaucoup irrité,
Attendu qu'auons fait d'vne main genereuse
Mourir leurs alliez dans la cauerne vmbreuse.
Leur Gouuerneur les a promptement ralliez,
Et en bien peu de temps se sont fortifiez,
Et puis mon espion m'a tresbien fait entendre
Qu'au iour du Sabat mesme il se veulent deffendre
Ils sont trop fors pour nous, & nous faut conseruer
Attendant le secours qui nous doit arriuer.

Le Courrier.

Monarque trespuissant en toute obeissance
Ie vous fais maintenant seruile reuerence.

Le Roy Anthiocus.

Estes-vous de retour diligent messager
Que fait-on en Iudee?

Le Courrier.

Il y a grand danger
A passer maintenant à trauers cette terre,
Les Iuifs ont entrepris de vous faire la guerre,
Seditieusement ils se sont reuoltez,
Et les armes en main renuersé les autels,
Le Gouuerneur Appelle ont meurtry par mesgarde
Et trop poltronnement assassiné sa garde.
Ils tiennent maintenant comme en dure prison
Dedans Hierusalem toute la garnison.
Les passages les ports sont si bien fermez (Sire)
Qu'à grand'peine ay-ie peu venir pour la vous dire.

Le Roy.

O fortune roüante! ô sinistre malheur!
Qui redouble ma trop épineuse douleur.
O creue cœur! ie suis le plus grand Roy du monde
Et si l'on ne voit point dessous la voûte ronde
Prince auiourd'huy qui soit plus afligé que moy.
O dolent porte sceptre ô miserable Roy
Qui conçeus en ton cœur la premiere nouuelle
De vouloir faire guerre à ce peuple rebelle.
Il semble à sa faueur que les quatre iumeaux
Ont coniuré te faire vn million de maux,
Depuis le premier iour que ie fus en Iudee,
Toute l'ire du Ciel s'est sur moy débordee:
Mais au fort quand i'aurois pour ennemis les Dieux
Ie me veux attaquer pareillement à eux.
Aussi ne peux-ie pas assouuir mon courage
Que par vn desespoir & furieuse rage:
A beau ieu, beau retour: car qui m'irritera,
Quoy qu'il face iamais pour amy ne m'aura:
Et d'Apolonius qui est sur la frontiere,
En as tu rien ouy?

Le Meſſager.

O Prince debonnaire.
I'ay apris en paſſant qu'il eſtoit en chemin,
Et ſes forces auſſi pour tirer vers Modin,
Où l'ennemy vouluit rafreſchir ſon armee.

Le Roy.

Lyſias enuoyez aprez luy Ptolomee,
Gorgias, Nichanor, & d'hommes combatans
Du moins cinquante mil, auec cent Elephans,
Qu'vn ſeul ne ſoit ſauué de ceſte gent peruerſe,
Et t'iray cependant faire vn voyage en Perſe,
Pour leuer de l'argent, car ie cognois tres-bien
Que nos braues deſſeins ny ſeruiront de rien,
Sans cela pour certain, c'eſt le nef de la guerre.
S'ils ne ſont aſſez forts pour occuper leur terre,
Pour deſtraire du tout & rompre l'ennemy,
Donnez leur prompt ſecours mon tres-fidelle amy.
Ie remets tout ſur vous & mon fils que tant i'ayme,
Ie vous prie de le prendre en voſtre garde meſme,
Et toy Courrier il faut retourner promptement
Pour me donner touſiours bon aduertiſſement.

Le Courrier.

I'en feray mon deuoir.

Lyſias.

Valeureux Capitaines,
Dreſſez donc voſtre armee en ces deux belles plaines
Pour partir le pluſtoſt que faire ſe pourra

Ptolomee.

Par Iupin, ie m'attens que rien n'y manquera
D

Nous allons ordonner des hommes volontaires,
Des gendarmes crestez & des legionnaires.

Gorgias.

Nous sommes trop puissans, quand tout le peu-
ple Hebrieu
Seroit de tous costez assisté de son Dieu,
Il n'osera iamais attendre nostre armee.

Nicanor.

Compagnon Gorgias & seigneur Ptolomee,
Deuons-nous pas mener bon nombre de marchans,
Pour acheter de nous ces esclaues meschans?

Ptolomee.

Qu'ils soyent tous bien pourueus de garots &
menotes,
(Pour mieux les enferrer) qui soyent proprement
faites,

Mathatias.

Mes bien aymez enfans, ce mal me presse fort,
Et voy bien que ie suis fort proche de la mort.
Ie recommande à tous ma diuine entreprise:
Que vous l'executiez sans aucune remise.
Ne soyez-pas si fols ny tant mal aduisez
De vous vouloir seruir d'Hebrieux paganisez,
Il sont cause du tout de nos tristes miseres.
Gardez tousiours les loix & statuts de nos peres,
Puis que vous estes tous mes enfans naturels,
Mesprisez hardiment les tyrans plus cruels:
Soyez prests de mourir d'un amour charitable
Pour maintenir l'honneur du Seigneur immuable,

Cerchez les ennemis (1) les armes au poin
Toutes & quantes fois qu'il en sera besoin.
Dieu fauorisera nostre noble courage,
Et vous retirera en bref temps de seruage.
Nostre corps est mortel & tousiours a esté
Suiet a receuoir triste perplexité.
Mais des faits excellens, la viuante memoire
A la posterité nous seruira de gloire,
Ne vous fachez iamais vous portant vaillamment
Pour l'amour du Seigneur, de mourir constamment.
Viuez tous mes enfans en bonne patience:
A Simon vostre frere homme de grand prudence,
Portez entier honneur, le repectant ainsi
Que si c'estoit à moy. Obeissez aussi
A ses sages conseils: mais quand à Machabee
Faites-le Gouuerneur de toute vostre armee,
Car il est fort vaillant, i'ay bien intention
Qu'il vengera bien tost toute la nation,
Chassera le Payen & sectaire heretique
Hors de tout le terroir & pays Iudaïque.
Vueillez donner secours, ô Seigneur! à mes fils
Qu'ils puissent deliurer ton peuple circoncis,
Du ioug Assirien: car là où tu commandes:
Miraculeusement sont les victoires grandes.
Las! s'il ne te plaisoit prendre leur cause en main
Contre vn ost si puissant leur combat serois vain:
Regarde par pitié ta pauure creature
Qui paye le tribut qu'elle doit à nature.

Iean.

Mes freres, il est mortauß i paisiblem:ne
Que s'il n'auoit senti douleur aucunement.

Simon.

Il nous luy faut donner sepulture honorable

Car il nous estoit pere,& du tout admirable,
En honneur & vertu,il faut aussi pouruoir
Au camp de l'ennemy qui nous veut venir voir.
Selon la volonté de feu nostre bon pere.
C'est à vous de donner bon ordre à cet affaire.
Machabee,allez donc s'il vous plaist y penser
Ce plustost que pourrez,& nous laissez dresser
Dans le bourg de Modin,attendant les batailles
Auecques dueil public les tristes funerailles.

Iudas Machabee.

Puis qu'il est question de maintenir l'honneur
De Dieu,i'accepteray l'estat de Gouuerneur,
Selon la volonté de nostre pere & maistre,
Ie m'en vois cependans enuoyer recognoistre
L'ost d'Appolonius,afin qu'au dépourueu,
Il ne nous puisse plus offencer tant soit peu.

Appollonius.

Capitaines,soldats & belliqueux Gendarmes,
Les meurtriers qui nous font ore prendre les armes
Sont à demy vaincus,ils ont perdu le cœur
Par la mort de leur chef leur pere & conducteur,
Cependant qu'ils en font le deüil & la complainte
Dans le bourg de Modin,& que la pale crainte
Les a tous effrayez d'vn si subit trespas,
Chargeons-les viuement & ne leur donnons-pas
Loisir de rasseurer leurs courages timides,
Exterminons de nom d'hommes Abrahamides:
Ostons le vieil leuain qui a tant pullulé,
Et ce subiet sanglant soit du tout reculé.
Nous les allons trouuer d'vn animé courage

Pour venger nos amis,nous auons l'auantage,
Nous sommes dix contre vn, & de tous les guerriers
Qui sont à nostre Roy,nous sommes les premiers
Qui en auront l'honneur,donnons donc ie vous prie.

Machabee.

Comment le Gouuerneur & chef de Samarie,
Pense-il nous surprendre & du tout emporter
Aussi legerement comme il s'en peut vanter?
Vous cognoissez assez quil est nostre aduersaire,
Ie n'ay pas le loisir pour ceste heure vous faire
De plus longue oraison,voicy nos ennemis,
Courage compagnons courage mes amis.

Ils donnent la bataille , Machabee la gaigne,
& Appollonius tué.

Leur Gouuerneur est mort,nous auons la victoire
O Seigneur à toy seul en appartient la gloire,
C'est ta querelle aussi,vueille pour l'aduenir
S'il te plaist en honneur tousiours nous maintenir!

Le premier Iuif.

Il court icy vn bruit que cinquante mil hommes
Viennent pour nous charger, Seigneur, dequoy nous
                    sommes
Trestous & non sans cause estonnez grandement.

Machabee.

I'ay receu maintenant tel aduertissement,
C'est le fils d'Orimene & cruel Ptolomee,

Mes amis qui conduit ceste puissante armee.
Mais celuy qui commande à la terre & aux Cieux,
Qui vous a maintenant rendus victorieux,
Tout-puissant comme il est, luy est autant facile
En plain champ de bataille en deffaire cent mille
Comme vne legion: car c'est luy qui tout peut,
Qui donne la victoire & fait tout ce qu'il veut.

Simon.

C'est son plaisir aussi qu'on l'honore & le prie,
C'est pourquoy de son nom il est en ialousie,
Et ne donne iamais ny support ny apuy
A celuy qui ne fait aucun estat de luy.
Si nous voulons gaigner la bataille, mes freres,
Vestons-nous tous ensemble & de sacs & de haires,
Faisons ieusne public, & prions nuict & iour
Qu'il nous vueille donner sa grace & son amour,
Ainsi qu'on souloit faire en ceste sainte terre,
Quand on craignoit l'éuent d'vne pareille guerre.

Ils prient.

Ptolomee.

Nous auons trop perdu pour le retardement,
(Compagnons & amis) de trois iours seulement:
Car Appolonius a esté par suprise
Deffait & massacré par la gent circoncise,
Le Roy Anthiocus tout vif enragera,
Pour vn second mal-heur si tost qu'il le sçaura.

Gorgias.

Par Iupin Dieu-tonnant, nous leur ferons paroistre

Qu'ils sont côme escoliers qui ont batu leur maistre:
Premier, premier qu'il soit quatre iours pour certain
Ou leur ostera bien les verges de la main.

Nicanor.

Si l'on vouloit marcher & faire longue traite,
Leur armee pour vray seroit toute deffaite:
Car estans trauaillez & de sommeil espris
Ils seroyent aisement & sans hazard surpris.

Ptolomee.

C'est bien dit, Gorgias prendra des gens d'élite
Pour les charger à dos, & s'ils prennent la fuite
Ou qu'ils facent semblant de combatre, aussi tost
Ils seront rechargez du reste de nostre Ost.

Gorgias.

Ie m'ennoy iour & nuit pour circuir la môtagne
Cependant que viendrez tout droit par la campagne,
Quand ils auroyent de vous quelque aduertissement,
Au moins ils n'en auront de moy aucunement.

Anthiocus.

Il semble qu'on m'arrache auec rouges tenailles
Trop violentement le cœur & les entrailles,
Mon dolent estomac, & mon cœur souspirant
Sont ordinairement en vn feu deuorant:
Ie suis fort famelique, & mange plus que trente,
Pourtant mon appetit goulu ne se contente:
Mes secrets intestins d'vlceres sont tous plains.

B iiÿ

De flegme sont enflez & mes pieds & mes mains,
Ie suis fort tourmenté de passion colliques,
I'ay les membres ainsi comme vn vray hydropique:
I'ay l'aleine fort courte & les nerfs retirez:
Tous mes sens naturels sont du tout alterez.
O miserable Roy! mes secrettes parties
Pleines de petits vers sont à demy pourries,
C'est toy, c'est toy cruel Iupiter foudroyeur
Qui me cause ces maux, c'est ton desir vengeur,
Qui mon corps charongneux & caduque déchire,
Et qui me faits souffrir tyrannique martyre.
Mais tu t'abuses bien: car en despit de toy,
I'espere que mon fils sera quelquesfois Roy
De tout le monde rond, & que les mains meurtrieres
Qui m'ont tant irrité periront les premieres.

Machabee.

Fidelles compagnons, freres & bons amis,
Puisque tout le secret des iurez ennemis
Or nous est renclé c'est vn heureux presage
Qui nous doit redoubler nostre hardy courage.
Suynez-moy seulement, i'ay ceste opinion
Que iamais vous n'aurez meilleure occasion,
Combatant vaillamment, de venger les iniures
Et tors qu'auons receus de ses traistres pariures:
Là verrez le guerdon de nostre liberté,
Méprisant le danger qui nous est appresté.
Pensez qu'à la presente & douteuse fortune
De ces deux il vous faut ores en choisir vne,
Ou que vous demouriez sous le ioug de ces Rois,
Ou que mourions plustost que de quitter nos loix.
Allons charger le camp qui est en la campagne,
Et laissons Gorgias qui est à la montagne.

Ptolomee vaincu, pour certain Gorgias
Ne rendra point combat, puis qu'ils ne croyent pas
Que nous ayons le cœur seulement les attendre,
Tretous à la Diane il nous les faut surprendre :
Ne vous estonnez point, suyuez-moy hardiment.

Ptolomee.

Compagnon Nicanor, i'ay aduertiffement
Que nos galans ont pris à ce matin la fuitte,
Il est befoin d'aller demain à la pourfuitte,
Et nos foldats prendront leur bagage en paffant
Qu'ils ont abandonné : par Iupin tout-puiffant
Ie les fuyuray de pres quelque part qu'ils fuiffent.
Que nos gens cette nuit vn peu fe rafraifchiffent,
Car ils n'ont point du tout repofé depuis hier.

Nicanor.

Or fus dõc qu'vn chacun s'en aille en fon cartier,
Si toft que le Soleil de fa perruque blonde
(Soldats) aura demain falué tout le monde,
Sur peine de la vie, on vous commande à tous
De vous acheminer au donné rendez-vous.

Furie.

Entre tous les efprits de la region noire
Et fubiets de Pluton, il n'eft point de memoire
Qu'autre ferpent maudit & dragon infernal
Ayet peu iamais faire au monde tant de mal
Comme i'ay defia fait : car moy feule furie
I'ay touie la puiffante & fpatieufe Afie,
De mon tifon aiiant mife en combuftion.

Ie ſuis au dernier point de ma legation:
Car depuis que ie fis eſmouuoir ceſte guerre
De Iuifs & de Payens, i'en ay tombé par terre
Plus de quatre cents mil, & ne me reſte plus
Que de faire enrager le Roy Anthiocus.

Machabee.

Que chacun prenne en main ſa roide halebarde
Pour fauſſer rudement le premier corps de garde.
Puis que le General nous a tant en meſpris,
Il faut qu'il ſoit auſſi ſoudainement ſurpris.
Quand ſes guerriers verront bouleuerſer ſa tente,
Ie ſçay bien qu'auſſi-toſt ils prendront l'eſpouuente,
Car les ſoldats ſans chef ſont en pareil danger,
Comme on eſt ſans Pilote en la venteuſe mer.
Tout dort ie le voy bien, chacun de vous s'arreſte
Pour reprendre ſon vent, ſuyuez-moy, teſte, teſte:
Regardez mes amis pour qui vous combatez,
C'eſt pour vos ſaintes loix & pour vos libertez,
Que chacun monſtre donc qu'il eſt braue gendarme.

Nicanor.

Qu'elle ſurpriſe eſt-ce icy? à l'arme, à l'arme, à
          l'arme,
Chacun fuit en deſordre, il n'eſt pas deffendu
De ſe ſauuer auſſi car nous auons perdu
La moitié de noſtre oſt auecques Ptolomee.

Simon.

Pourſuyuons les fuyars, iuſques en Idumee,
Et iuſqu'en Gadara.

Machabee.

Ne vous abusez pas
Au pillage soldats de peur que Gorgias
Qui est encor entier ne charge à l'improuiste.

Iean.

Puis que tout nostre espoir & puissance consiste
En la vertu de Dieu, qu'il ne soit pardonné
Aux sectaires Hebrieux qui l'ont abandonné.

Gorgias.

Mes amis ie voy là vne forte fumee
Qui trouble tout le Ciel, peut-estre nostre armee
A receu de l'ennuy de ces traistres Hebrieux,
Auançons vn petit, vrayment voila des feux
Qui me font soupçonner quelque griefue infortune.
Voyez nostre ennemy dedans ceste commune
En ordre de bataille, il est victorieux,
Il n'en faut point douter, & partant il vaut mieux
Luy ceder maintenant & sonner la retraite.

Machabee.

Nous verrons l'autre armee incontinent deffaite
ugez leur contenance, ils se desbendent tous,
Courage mes amis la victoire est à nous,
Donnons, donnons en queuë, ils sont à vau de route.

Le premier Iuif.

Allons-y sagement, mes seigneurs, ie me doute

Que pour nous attirer en ces mons boccageux,
Ils ne ruscnt ainsi.

Machabee.

Rien, rien donnons à eux,
Ils se sont escartez comme simples oüailles
A la veue du loup, ce ne sont que canailles,
Regardez-les courir.

Eleazar.

Pour certain Gorgias
Auec les mieux montez va ioindre Lysias,
Lieutenant pour le Roy qui marche à grand iournee
(Pour nous venir trouuer) au trauers Galilee.

Machabee.

Rendons graces à Dieu, qui nous a visitez
Aprez auoir souffert tant de calamitez.
Celà fait saisißez tout ce riche bagage,
Et vous armez außi trestous à l'auantage,
Des armes des vaincus. Or puis que Dieu s'est ioint
Maintenant auec nous, ne vous estonnez point.
Quand nos troupes seront promptement enfermees,
De fossez bien profonds (+) bien larges tranchees:
Peut-estre Lysias profitera bien peu
De penser nous venir forcer en vn tel lieu.

Gorgias.

Vice-roy belliqueux, moitié de nostre armee,
Par hazard s'est perduë auecques Ptolemee.

Si toſt que ce malheur fatal eſt arriué,
Combatant ie me ſuis ſubtilement ſauué
Auec mes compagnons en l'eſtat que nous ſommes
Rudement trauaillez. Ce ſont des meilleurs hommes,
Et tous gens de cheual qui fuſſent en noſtre oſt.

Lyſias.

De prendre.Gorgias,l'eſpouanter ſi toſt ,
Ce n'eſt pas grand honneur pour celuy qui cõmande.
Ce fut pareillement vne faute trop grande,
Vous ſeparer ainſi,deſia l'on m'auoit dit
Comme eſtoit arriué ce deſaſtre ſubit.
Vrayment il y auoit par trop de negligenſe.
Les meurtris à bon droit crient ſur vous vengeance,
Il ne faut pas ainſi perdre les gens de bien,
Quand on les peut ſauuer par vn ſage moyen.
Pluſtoſt les auez mis,il faut que ie le die,
Au carnage,à la mort & à la boucherie .
Le plus grand Capitaine eſt celuy qui d'vn œil
Prudent peut retirer les ſoldats du cercueil.
D'aller bien à la guerre,il eſt autant facile
Comme d'en reuenir il eſt fort diſicile,
Selon la loy Royale on vous deuroit punir,
Eſſayez à mieux faire au moins pour l'aduenir.
Allons trouuer nos Iuifs d'un bien braue courage,
Pour leur faire quittter de bref cette auantage.
Gaignons les monts pierreux car de ce coſté là
Faut aſſoir noſtre camp tout ioignant Bethſura.
De là bien aiſement verrons leur aſſeurance,
Leurs forces,leurs deſſeins,leur geſte & contenance.
Quoy qu'ils ſoyent renfermez de bien larges foſſez,
Ie ne croy pas pourtant qu'ils ſoyent tant abuſez,
Tant fols & eſtourdis,auecques dix mil hommes

En attendre cent mil de tels,comme nous sommes.
Qu'on dresse dont icy nos pauillons de cam,
Et pource que i'attens ceux de Hierusalem
Qui son en garnison,afin de les cognoistre,
Baillez-leur pres de moy quartier en l'aile dextre.

Machabee en Oraison.

Dieu qui sauuas Noé des spacieuses mers,
Lors qu'il te pleust punir par eau tout l'Vniuers,
Qui deliuras apres la race Abramienne
Du seruage onereux & main Egyptienne.
Qui peux conter l'arene & mesurer les pas,
Et sçauoir le secret des hommes d'icy bas.
Dieu tout puissant qui tiens sous l'ombre de tes ailes
D'vn paternel amour ceux qui te sont fidelles:
Qui peux lors qu'il te plaist arrester le soleil,
Quand tu vis deliurer de peril Israël.
Assiste,assiste-nous par ta diuine grace,
Car nous sommes extraits de cette mesme race:
Combien que nous t'ayons grandement offencé.
Las ne sois pas tousiours contre nous courroucé:
Ayez pitié de nous,reçoy pour penitence,
Les maux que nous auons soufferts en patience.

Mes freres compagnons & fidelles amis,
Ne nous estonnons point de voir nos ennemis:
Car ils son arriuez,en voila les fumees,
Cependant qu'ils ont soing de loger leurs armees,
Allons-les visiter,ils seront fort deçeuz
Pour certain de nous voir maintenant si pres d'eux,
Puisque Dieu est pour nous,que rien ne nous retarde
D'y aller brauement,donnons à l'auant-garde:
C'est le plus escarté, & puis gaillardemens

Nous nous retirerons dans ce retrenchement.

Iean.

Mon frere & gouuerneur voſtre heureuſe côduite
Vous acquiert tel credit de tout noſtre exercite,
Qu'il ny en a pas vn pour peril ou danger,
Qui craigne auecques vous d'attaquer l'eſtranger:
En fin cela pourroit rapporter grand dommage
De laiſſer attiedir leur animé courage.

Machabee.

Allons donc mes amis, ayez tous l'œil ſur moy,
C'eſt vn los immortel de mourir pour la Foy,
C'eſt icy, compagnons qu'il faut qu'on s'eſuertuë,
Il faut ietter le dé, courage, tuë, tuë.

Gorgias.

Arme, arme, General, nous ſommes tous trahis,
L'aduãt-garde eſt deffaite, & par la main des Iuifs

Machabee.

Or ſus retirons-nous mes ſociables freres,
Serrez au petit pas, ie voy nos aduerſaires,
Reioins tous en vn corps, & qui ont repris cœur
Pour nous venir charger d'vn courage vengeur.
Nous auons exploité ce que deſirions faire
Si Lyſias ponſſé d'vne yreuſe colere,
Entreprend de forcer nos foſſez & rempars,
Il ſera ſalué d'vn million de dards,
Et ſur nos arcs courbez de fleſches auſſi druës,

Qu'on voit tomber du Ciel les gresles plus menuës.

Lysias.

Quel esprit infernal, quel demon frauduleux
Veut ternir la vertu de nos braues ayeux?
Quel desastre ſubit, & par trop dommageable
Nous veut espoinçonner d'un soin insuportable?
Verrons-nous de nos iours que ceste nation
Braue ainsi nostre Roy par son ambition?
Il y a quelque Dieu qui ne veut point permettre
Que le bras Syrien puisse demeurer maistre.
Il nous faut retirer, compagnons, ie voy bien
Que l'ennuyeux seiour ne seruiroit de rien.
Le reste de l'armee, & par une surprise,
D'un effroy fremissant est laschement esprise.
Au contraire on voyons nostre ennemy hautain
Nous attendre au combat les armes en la main,
Quoy qu'ils soyent resolus, ie crains bien dauantage
Leur obstination, que leur hardy courage.
Quand nous aurons leué nouuelles legions,
Ce sera pour le mieux que nous y reuenions.

Gorgias.

General, pour certain la fortune trompeuse
Nous est à toute reste en cet an mal-heureuse.
Aux Hebrieux obstinez, il faut ceder le lieu,
Euitant la fureur bouillante de leur Dieu.

Simon.

Nostre braue sortie & derniere entreprise
A causé le salut de la gent circoncise,

Puis que nos ennemis surpris d'vn tel effroy,
Se retirent vaincus auec leur Vice-roy.

Machabee.

Ores que l'Eternel par sa diuine grace
Nous a rendus vainqueurs sur la Payenne race,
Qu'il nous a retirez d'vne captiuité
Pour remettre en nos mains la douce liberté.
Il faut penser de Dieu, temple, ceremonies,
Et remettre les loix par cy deuant rauies:
Il faut penser de l'ame auant què d'auoir soin
De refournir au corps son vtile besoin.
Allons donc visiter la cité desolee,
La cité de Dauid en trois ans dépeuplee
Par le fer Caldeen, & remettre en honneur
Le venerable autel & temple du Seigneur.
Allons, allons purger par vn diuin office
De l'Ethnique & payen l'immonde sacrifice.

Iean.

Allon donc à Solime, allons ioyeusement
Donner au peuple Hebrieu parfait contentemens.

Ionatas.

O plaisant souuenir! ô propos agreable!
O consolation! ô ioye delectable!
Meurent meurent mes iours si tost que i'auray veu
Repurger sainsement le temple de mon Dieu.

Furie.

Tout va mal, les Payens & les Iuifs heretiques

Vaincus ont tous perdu leurs causes & pratiques.
Dedans Hierusalem le Dieu superieur
Sera bien tost remis en son premier honneur.
Les Iuifs vont repurger de toute idolatrie
Leur temple & leur autel pour toute la patrie:
Pluton, Pluton, ce sont les Assamoniens
Des enfers tenebreux qui tirent tant de gens,
Qui vsurpent sur toy, dont ie suis pleine d'ire,
Iudee que i'auois adiointe à ton Empire:
Orque noir & puissant, tu t'en dois ressentir,
Voire & les faire vn iour rudement repentir.
C'est force quand à moy de ruider cette terre,
Attendant qu'autre Roy leur vienne faire guerre,
Car cestui-cy se meurt, & m'enuois promptement,
A fin de l'assister en son enragement.

Iean.

Quelle triste pitié, quel' douleur, quelle perte
De voir de tous costez cette Citté deserte.

Machabee.

Si l'Eternel n'auoit apaisé son courroux,
Et que par sa bonté n'eust eu pitié de nous,
La Cité de Dauid s'en alloit en ruine.

Les Iuifs tous ensemble à la venuë de
Iudas Machabee.

Viue, viue l'honneur de toute Palestine.

Machabee.
Dieu vous a deliurez d'vm barbare estanger

Peuple souuenez-vous du perilleux danger,
Où nostre nation par vice estoit tombee.

Tous ensemble.

Viue, viue le preux & vaillant Machabee.

Machabee.

Or, allons tous ensemble amis pour essayer,
(Assistez du Seigneur) de bien purifier
Son saint & sacré temple, ô chose abominable!
Iusqu'au plus digne lieu d'y trouuer vne estable,
Tout le reste desert & de buissons tout plain,
O Payen idolatre! ô trop paillarde main!
Où sont tous les tresors & les tapisseries,
Cuues, plats & pots d'or, tu nous les a rauies,
Execrable tyran, mais Dieu t'en punira:
Iamais le sacrilege euiter ne pourra
La peine qui luy est iustement ordonnee:
Pouuoit pas receuoir l'Isacide lignee,
(O Dieu!) pour ses pechez quelque autre chastiment,
Sans voir vn tel desordre en son saint bastiment?
Iettez, iettez dehors cet Idole muette
Ne representant rien qu'vne chose imparfaite,
Que Satan qui se fait par ce subtil moyen
Adorer comme Dieu par l'Enique Payen.
Demolissez l'autel car les Macedoniques
L'ont prophané trois ans, & les Iuifs heretiqnes.
Il nous faut reseruer les pierres toutesfois,
Tant qu'vn Prophete saint, bien instruit en nos loix

Vienne donner conseil de ce qu'en deurons faire,
Ayant receu long temps le sacré saint mystere.
Aduançons mes amis, puis qu'il plaist au Seigneur,
Il nous en faut bastir vn autre à son honneur.
Apposez au parois ces douze luminaires
Au lieu du chandelier à sept bras que nos peres
Tousiours de temps en temps auoyent tant respecté,
Et lequel fut vn iour du tyran emporté:
Mettons-y cestuy cy auecques les chandelles,
S'il n'est d'or pour le moins les façons en sont belles,

Simon.

Allons chercher le puis où tousiours le saint feu
A esté reserué par le vouloir de Dieu.

Iean.

Nous y auons trouué de l'eau grasse & espaisse
En voila quelque peu.

Machabee.

Et bien, bien que l'on dresse
Vn bucher puis iettez l'eau dedans promptement.

Ionathas.

Le feu s'est allumé miraculeusement,
L'immortel pour le seur en ses faits admirable,
A nos œuures se rend propice & fauorable.

Machabee.

Ie veux tout parfumer auec encensemens

Le sainct temple, l'autel, vaisseau & ornemens,
Prions donc l'Eternel que par sa sainte grace
Il vueille prendre en gré cet autre dedicasse.

Le premier Iuif.

Voila pour holocauste vn tendre & gras aigneau
Ie l'offre de bon cœur dessus l'autel nouueau.

Le second Iuif.

Cestuy-cy mesmement grassette, ieune, tendre,
Ie veux & de bon cœur en sacrifice rendre.

Le troisiesme Iuif.

Ie veux y presenter le mien pareillement.

Machabee

Voila l'honneur de Dieu remis entierement
En son premier estat, il vueille par sa grace
Nous faire celebrer ceste autre dedicasse,
Tous les ans vne fois, ô mes amis parfaits
C'est bien le comble entier de mes plus grãds souhaits
Puis que tout est vaincu, nous auons la paix faite,
Et partant vn chacun peut faire sa retraite
La part qu'il verra bon : l'vn l'autre consolez,
Rafraichissiez vos corps tant de fois trauaillez,
Ie pren congé de vous, ayez sur tout la gloire,
L'honneur & nom de Dieu grauez en la memoire,
Afin que ne puiss.ons par vn autre danger.
Tomber entre les mains du barbare estranger.

Furie.

Ie n'ay pour tout butin, dequoy ie defespere
Et enrage du tout que l'ame du seuere
Et fier Anthiocus, en despit de mes yeux
Le peuple circoncis reste victorieux:
Et crains bien que Pluton Prince des noires ames,
Ne redoublé sur moy ses infernales flames.

FIN.

9 782019 997748